TY TUMI
TREORCI

Dafydd Llewelyn

Lluniau gan
Anne Lloyd Cooper

Cyfres

Cyhoeddwyd gan CAA Cymru, Prifysgol Aberystwyth, Plas Gogerddan, Aberystwyth SY23 3EB (www.aber.ac.uk/caa).

Ariennir gan Lywodraeth Cymru fel rhan o'i rhaglen gomisiynu adnoddau addysgu a dysgu Cymraeg a dwyieithog.

ISBN: 978-1-84521-709-9

Golygwyd gan Fflur Aneira Davies a Marian Beech Hughes
Dyluniwyd gan Richard Huw Pritchard
Argraffwyd gan Gomer

Cydnabyddiaethau

Diolch i Dr Carol James, Heulwen Hydref Jones, Marc Jones a Siw Jones am eu harweiniad gwerthfawr. Diolch hefyd i Lisa Morris (Ysgol Glantwymyn) ac Anwen Jervis (Ysgol Llanbrynmair) am dreialu'r deunydd.

Ceir gweithgareddau i gyd-fynd â chwe nofel Cyfres Halibalŵ ar wefan Hwb (addas i CA2; awdur: Siw Jones).

1
I'r gad!

"Cofia di, Tomi, mae angen llenwi'r cês."

"Ond, Mam! PAM?"

"Rho'r gorau i'r holl gwestiynau 'ma a dechrau pacio dy ddillad, reit handi."

Edrychodd Tomi'r twrch ar y cês mawr glas o'i flaen – doedd ganddo ddim awydd dechrau pacio. Pam ddylai o orfod pacio o gwbl? Fan hyn roedd o'n byw, fan hyn roedd o'n perthyn, fan hyn roedd ei fywyd – o dan y ddaear yn y pridd, yng nghanol y dail, y brigau a'r cerrig.

Bwm! Bwm! Bwm! Daeth Tomi i lawr y grisiau gan lusgo'r cês ar ei ôl. Gan fod

y cês mor fawr a thrwm, bu ond y dim
i Tomi faglu a disgyn i lawr y grisiau,
ond wrth lwc fe ddefnyddiodd ei bawen
i afael yn y canllaw a sadio'i hun. Ffiw!
sibrydodd yn dawel wrtho'i hun. Roedd
hynna'n agos.

"Dwi wedi gorffen pacio! Adawa i
hwn y tu ôl i'r soffa yn y stafell fyw rhag
ofn i rywun faglu drosto fo."

Ond cyn i Tomi gael cyfle i agor drws
yr ystafell fyw clywodd lais Gwen, ei fam,
y tu ôl iddo:

"Tomi! Ty'd â'r cês yn ôl i fan hyn y
munud 'ma."

Edrychodd Tomi tua'r nen – go
drapia! Gwyddai nad oedd pwynt dadlau
â'i fam, felly ochneidiodd yn dawel cyn
troi ac edrych arni:

"O'n i'n meddwl bod gen ti lot o
waith …"

"Agor y cês 'na, Tomi."

"Ond …"

"Agor y cês 'na …"

Yn araf bach, agorodd Tomi'r cês ac edrychodd ei fam mewn rhyfeddod ar y cynnwys – cerrig o bob maint, lliw a llun. Ochneidiodd Gwen.

"Lle ma' dy ddillad di?"

"Dwi'm isio nhw. Well gen i aros yma a …"

"Tomi! Dwi wedi deud wrthat ti

ganwaith! Allwn ni ddim aros yma! Dydy hi ddim yn ddiogel. Rŵan, cer yn ôl i fyny'r grisiau a phacio dy ddillad."

Gan gwyno'n dawel dan ei wynt, gafaelodd Tomi yn y cês a'i lusgo'n araf yn ôl i gyfeiriad y grisiau.

Dyna lle roedd Tomi, yn ôl yn ei ystafell wely'n tynnu'r cerrig o'r cês, pan ddaeth Taid i mewn a gweld ei ŵyr bach yn torri'i galon.

"Pam mae'n rhaid i ni adael, Taid?"

"Wel, fel hyn mae pethau …"

Cyn i Taid gael cyfle i orffen egluro, dechreuodd y tŷ grynu a gwelodd Tomi y lluniau ar y wal a'r addurniadau ar ei ddesg yn siglo'n wyllt o'r naill ochr i'r llall. Gafaelodd Taid yn Tomi a'i dynnu at y ffenest. Edrychodd y ddau ar yr olygfa o'u blaenau.

Roedd peiriannau mawr, trwm yn torri'r tyfiant, a dynion mewn cotiau a hetiau melyn yn defnyddio llif fawr, drwchus i dorri'r coed. Syllodd y ddau

dwrch ar ddynion eraill yn gyrru tryciau
a jac codi baw er mwyn gosod seiliau
ar gyfer stad newydd sbon danlli o dai
crand ar dir Cae Sidan.

"Dydy hi ddim yn saff i ni aros yma
bellach. Mae'n rhaid i ni adael."

Roedd llais Taid yn dawel ac yn drist,
ac er bod Tomi yn meddwl y byd o'i daid
ac wedi'i fagu ers pan oedd yn ddim o
beth i barchu tyrchod hŷn nag ef, roedd
yn anghytuno'n gryf â safbwynt ei daid y
tro hwn.

"Na, Taid! Dydy hyn ddim yn iawn.
Digon yw digon. Dwi'n mynd i wneud
rhywbeth am hyn, unwaith ac am byth."

Roedd Taid ar fin cydio ym mhawen
ei ŵyr er mwyn ei atal rhag mynd, ond
roedd Tomi'n rhy gryf a chyflym iddo.
Cyn pen dim roedd wedi carlamu i lawr y
grisiau, cau'r drws ffrynt yn glep ar ei ôl a
mentro i lawr y twnnel.

Tŷ Tomi Treorci

2
Safwn yn y bwlch

Er mai bach ac eiddil o ran corff oedd Tomi o'i gymharu â thyrchod eraill yr ardal, roedd yn hynod chwim. Roedd ganddo hefyd dymer wyllt. Dywedai ei daid mai o ochr ei fam y câi'r nodwedd hon, ond roedd Gwen yn bendant yn anghytuno â'r fath honiad, a doedd hi byth yn anghywir!

Wedi iddo gyrraedd pen y twnnel oedd yn arwain i'r byd mawr, anelodd Tomi i gyfeiriad yr adeiladwyr. Doedd arno mo'u hofn nhw. Roedd eu tŷ mewn perygl, a bob dydd dôi'r peiriannau'n agosach ac yn agosach at y drws ffrynt. Doedd hynny ddim yn deg. Pam ddylen nhw orfod codi pac a symud oddi yno? Roedd Tomi wedi'i eni a'i fagu yno!

Er bod ei fam a'i daid wedi'i siarsio i beidio â mynd yn agos at bobl ac i gadw o'u ffordd ar bob cyfrif, roedd yn grediniol y gallai resymu â'r adeiladwyr. Roedd Tomi eisiau egluro bod y peiriannau'n achosi poen meddwl i'w fam, a bod ei daid yn crio mewn ofn bob nos cyn mynd i gysgu. Bydden nhw'n siŵr o wrando ar ôl iddyn nhw gael gwybod y gwir. Roedd yn rhaid iddyn nhw wrando arno.

Dechreuodd droedio drwy'r gwair, oedd yn wlyb wedi'r holl law roedden nhw wedi'i gael yn ddiweddar. Gan nad oedd yr haul wedi dangos ei wyneb drwy'r dydd roedd hi'n dechrau nosi a goleuadau'r peiriannau'n syllu'n fygythiol ar hyd y caeau a'r mwd.

"Tomi! Tomi! Ty'd yn ôl, Tomi bach!"

Teimlodd Tomi bwl o gydwybod wrth glywed llais ei daid yn gweiddi y tu ôl iddo. Ni allai deimlo llai na thrueni drosto wrth ei wylio'n pwyso ar ei ffon a'r chwys yn diferu trwy'i gôt flewog, i lawr ei drwyn main, hir, a thros ei sbectol drwchus. Estynnodd Taid ei hances a cheisio glanhau'r gwydrau. Roedd yn falch o'r cyfle i gael hoe fach a chael ei wynt ato. Wrth i Tomi wylio'i daid yn stryffaglio, arafodd ac ochneidio'n dawel wrtho'i hun.

"Cerwch yn ôl i'r tŷ, Taid, neu mi fyddwch chi wedi dal annwyd unwaith yn rhagor."

"Ddim os na ddoi di'n ôl efo fi," meddai'n bendant.

"Fydda i ddim yn hir, dim ond mynd i gael gair sydyn efo'r adeiladwyr ydw i."

"Pobl ydyn nhw! Wnân nhw ddim gwrando ar air ti'n ei ddeud, Tomi!"

"Ydach chi isio bet?"

Erbyn hyn, roedd Taid wedi llwyddo i ailddechrau cerdded.

"Mae'n dechrau tywyllu. Tyrd i ni gael trafod hyn yn gall a falle y gallwn ni fynd i'w gweld nhw efo'n gilydd fory."

"Na! Dwi'n mynd draw y munud yma. Ewch yn ôl at Mam os ydach chi isio – neu dewch efo fi."

Edrychodd Taid yn hir ar ei wŷr. Roedd Tomi yn sicr yn bendant ei farn ac yn ddi-os yn union fel ei fam – yn ystyfnig fel mul. Meddyliodd Taid yn ofalus. Beth oedd y peth gorau i'w wneud: gadael i Tomi fynd yn ei flaen, yn y gobaith y byddai'r adeiladwyr wedi ei hel hi am adref cyn iddo gyrraedd, neu fynd gyda'i ŵyr a gwneud yn siŵr ei fod yn iawn?

Tŷ Tomi Treorci

3
Cae o ŷd
(ac ambell garreg)

Er bod rhai'n credu nad ydy golwg
tyrchod daear yn arbennig o dda,
celwydd noeth ydy hynny go iawn.
Doedd ond angen edrych ar Tomi'n
sleifio drwy'r tyfiant yn y golau egwan i
brofi bod golwg tyrchod yn rhyfeddol o
dda.

Gwibiodd Tomi i'r dde ac yna i'r
chwith, cyn troi i'r chwith eto a dod
wyneb yn wyneb ag arwydd gwyn enfawr
oedd yn nodi mewn llythrennau glas:
'Stad dai newydd Cae Sidan yn agor
ymhen deuddeg mis – prynwch nawr

rhag cael eich siomi! / *Cae Sidan new housing estate ready in twelve months – buy now to avoid disappointment!*'

Er iddo bregethu'n huawdl wrth ei daid am annhegwch y sefyllfa, pan safodd Tomi ger mynedfa'r safle adeiladu roedd ei galon fach yn pwmpio'n gyflym wrth sylwi ar yr holl offer a'r holl ddynion oedd o'i flaen yn gweithio'n brysur.

Roedd y sŵn a ddôi o grombil y peiriannau'n brifo'i glustiau ac oherwydd nerth y sŵn roedd y tir dan draed Tomi'n crynu'n gyson. Am hanner eiliad cafodd ei demtio i lithro'n ôl i'r tyfiant a'i throi hi am adref. Anadlodd yn hir ac yn araf cyn penderfynu bod yn rhaid iddo fentro, ar ôl dod mor bell â hyn. Roedd hi'n rhy hwyr bellach iddo droi'n ôl – i'r gad amdani!

Gwelodd ddyn mawr, boliog yn gwisgo gwasgod felen dros ei gôt dyllog. Roedd yn anelu am gaban bach glas ym

mhen draw'r safle. Penderfynodd Tomi
ei ddilyn er mwyn cael dechrau sgwrs a
datrys y mater hwn unwaith ac am byth.

Yn anffodus, pan gyrhaeddodd Tomi
y caban hwnnw, daeth yr arogl mwyaf
ofnadwy o gyfeiriad y drws a bu'n rhaid
iddo ddal ei drwyn yn dynn rhag cyfogi.
Efallai fod Tomi'n teimlo'n hynod gryf
am y perygl i'w gartref ond doedd o
ddim yn fodlon mentro i mewn i'r caban
hwnnw i drafod. Trodd ar ei sawdl yn
sydyn a mynd i'r chwith a sleifio i mewn
i'r caban mawr llwyd gyferbyn.

Gan ei fod wedi bod allan yn yr oerni
a'r gwlybaniaeth, roedd Tomi'n falch o
gael bod dan do mewn ystafell gynnes,
ac aeth at y gwresogydd er mwyn sychu'i
gôt flewog. Rhwbiodd ei bawennau'n
ddiolchgar wrth i'r gwres dreiddio
drwy'i gorff ac edrychodd o gwmpas yr
ystafell. Hen le digon plaen oedd o, gydag
ychydig o gadeiriau plastig a desg bren,
hen ffasiwn dan un o'r ffenestri.

Roedd yr holl redeg yn y gwair wedi codi syched arno ac wrth weld peiriant dŵr ger y ddesg bren, penderfynodd ei dringo er mwyn cael llymaid. Croesodd yr ystafell a chodi ei ddwy bawen flaen gan gydio yng nghoes y ddesg a dechrau dringo. Roedd tua thri chwarter y ffordd i fyny'r ddesg pan glywodd y drws yn agor. Wrth droi i edrych pwy oedd yno, gwelodd ei daid yn stryffaglio drwy'r drws.

"Taid! Be' dach chi'n …"

Cafodd Tomi gymaint o sioc o weld bod Taid wedi'i ddilyn nes iddo lithro ychydig a cholli'i falans. Ceisiodd sadio'i hun a chydio'n dynn yng nghoes y bwrdd ond llithrodd ymhellach, a disgyn ar ei ben i mewn i hen fag lledr brown oedd wrth ymyl y ddesg.

"Tomi! Gwylia! Na!"

Sgrechiodd Taid a cherdded cyn gynted â phosib ar draws yr ystafell i gyfeiriad y bag lledr. Ond pan oedd ar fin

ei gyrraedd, agorodd y drws a gwelodd
bâr o esgidiau hoelion trwm yn anelu'n
syth amdano. Llusgodd Taid i guddio y tu
ôl i'r bin sbwriel. Gwyliodd berchennog
yr esgidiau mawr yn cau'r bag lledr cyn

ei daflu dros ei ysgwydd a cherdded o'r ystafell gan gau'r drws yn glep ar ei ôl. Roedd Taid druan yn agos at ddagrau wrth sibrwd, "Pam, Tomi bach? Pam?"

4

Pan oeddwn mewn bag tywyll, du!

"Bang! Bang! Bang! Bang! Bang!"

Agorodd Tomi ei lygaid yn araf. Roedd y lle'n ddu fel inc ac roedd sŵn cnocio byddarol yn ei ben, yn union fel petai cant o forthwylion bach y tu mewn i'w benglog yn cystadlu am y gorau i wneud twll yn ei ben. Ceisiodd Tomi symud rhywfaint ond roedd ei ben yn pwyso tunnell.

Ble roedd o? Beth oedd wedi digwydd iddo? Faint o'r gloch oedd hi?

Dyma'r math o gwestiynau oedd yn byrlymu trwy feddwl Tomi, ond bob tro

roedd yn chwilio am ateb roedd ei ben
fel pe bai ar fin ffrwydro. Doedd o ddim
yn gwbl sicr ai ei ddychymyg oedd yn
chwarae triciau ag ef, ond roedd y llawr
oddi tano'n siglo o'r naill ochr i'r llall a
gallai glywed sŵn chwibanu yn y pellter.

Cafodd Tomi ysfa i fynd yn ôl i gysgu
ond roedd eisiau gwybod ble yn union
oedd o. Ymhen ychydig fe beidiodd y
llawr â siglo ac aeth pob man yn dawel.
Penderfynodd Tomi symud ychydig i'r
chwith ond trawodd yn erbyn rhywbeth.
Defnyddiodd ei bawen i geisio'i symud
ond roedd fel pe bai wal o ddefnydd ac
oglau lledr arno yn ei amgylchynu yn y
tywyllwch.

Yn raddol daeth y cyfan yn ôl iddo.
Cofiodd weld Taid yn cerdded trwy'r
drws yn swyddfa'r safle adeiladu ac
yntau'n ceisio dal ei afael yng nghoes
y bwrdd, cyn disgyn ar ei ben i mewn
i'r bag. Sylweddolodd Tomi ei fod
wedi bwrw'i ben ac wedi'i daro'n

anymwybodol, a'i fod yn dal i fod yn y bag lledr. Mae'n siŵr bod ei daid yn poeni ei enaid amdano ac roedd yn gobeithio'i fod wedi medru dychwelyd yn ddiogel yn ôl i'w gartref heb gael ei ddal yn swyddfa'r adeiladwyr.

Rywffordd neu'i gilydd, roedd yn rhaid i Tomi ddianc o'r bag, ond y cwestiwn oedd: sut? Sylweddolodd mai'r unig ffordd y gallai wneud hynny oedd cnoi ei ffordd allan.

Ers pan oedd Tomi yn blentyn, roedd ei fam wedi pwysleisio pwysigrwydd gofalu am ei ddannedd. Roedd hi wedi gwneud yn siŵr ei fod yn eu glanhau nhw bob bore a nos, ac nad oedd yn bwyta gormod o bryfed genwair gan eu bod yn difetha'i ddannedd.

Dechreuodd gnoi'r defnydd lledr. Roedd blas annifyr a sych arno, ac roedd mor galed. Ond roedd Tomi'n benderfynol o ddianc o'r bag cyn gynted ag yr oedd modd, felly daliodd ati i gnoi.

Ar ôl iddo fod wrthi am ryw chwarter awr, gwelodd fymryn o oleuni'n treiddio trwy'r defnydd. Roedd wedi llwyddo i wneud twll bychan! Edrychodd i weld ble yn union yr oedd drwy'r twll yn y defnydd.

Doedd gan Tomi ddim cof o weld y lle hwn o'r blaen. Roedd y cyntedd yn hynod grand a moethus, â lluniau olew ar y waliau a llawr pren esmwyth wedi'i orchuddio â mat trwchus. Ychydig i'r dde roedd grisiau'n arwain i'r llawr cyntaf, a gallai glywed cerddoriaeth yn dod o'r cyfeiriad hwnnw.

Gan ddefnyddio'i bawen, ceisiodd Tomi wneud y twll yn y bag ychydig yn fwy. Wrth lwc, doedd o ddim wedi torri'i ewinedd ers bron i chwe wythnos, ac ymhen dim o dro roedd y twll yn ddigon mawr iddo allu gwasgu trwyddo. Gydag ychydig o ymdrech, cafodd ei hun yng nghyntedd crand y tŷ moethus.

Roedd mor falch o gael dianc o grombil y bag brown, a rhoddodd ochenaid o ryddhad. Erbyn hyn roedd y sŵn cnocio yn ei ben yn dechrau lleihau a'r morthwylion bach yn diflannu fesul un. Y cwestiwn mawr oedd: ble ar wyneb y ddaear oedd yr adeiladwr mewn côt felen wedi mynd? Roedd y ddau angen sgwrs am safle adeiladu Cae Sidan.

5

Draenog marw

Gan nad oedd ffenest yn y cyntedd a
phob drws cyfagos i'w weld ar gau, yr
unig opsiwn oedd mynd i fyny'r grisiau
ac anelu i gyfeiriad y gerddoriaeth.

Ar ôl dringo'r degfed gris edrychodd
Tomi i lawr. Doedd uchder erioed wedi
bod yn un o'i hoff bethau ac roedd y
llawr lle gorweddai'r bag lledr brown yn
edrych mor bell i ffwrdd. Doedd dim
amdani ond mynd yn ei flaen. Wrth
edrych i lawr y coridor, sylweddolodd
fod y gerddoriaeth yn dod o gyfeiriad yr
ail ddrws ar y dde. Doedd Tomi ddim

yn arbenigwr ar gerddoriaeth. Roedd
yn hoff o ganu yn y bath ar nos Sul pan
fyddai ei fam yn sgrwbio'i gefn yn lân,
ond ef fyddai'r cyntaf i gyfaddef na fyddai
byth yn canu deuawd gyda Bryn Terfel
yng Nghanolfan y Mileniwm.

Wrth iddo droi i mewn i'r ystafell
gwelodd ferch yn dawnsio yng nghanol
y llawr ac yn defnyddio brwsh gwallt fel
microffon. Roedd hi'n canu un o ganeuon
Bryn Fôn a oedd wastad yn rhoi gwên ar
wyneb Tomi, sef 'Draenog Marw'. Roedd
yn gas ganddo'r creaduriaid hynny gan eu
bod mor bigog ac yn aml yn dwyn bwyd
y tyrchod daear.

Gwyliodd Tomi y ferch yn dawnsio
am ychydig eiliadau. Roedd ei llais canu
gan mil gwaeth na'i lais ef, hyd yn oed.
Pesychodd yn ysgafn er mwyn denu ei
sylw, ond dim lwc.

"Esgusodwch fi, Miss!"

Doedd y ferch ddim yn cymryd
unrhyw sylw ohono, er ei fod wedi

ceisio tynnu'i sylw'n ddigon cwrtais. Penderfynodd Tomi dagu'n uwch felly, cyn codi'i lais a mentro eto.

"Esgusodwch fi, Miss! Ai chi sy'n gyfrifol am y tryciau a'r peiriannau sy'n dinistrio'n cartref ni? Miss?"

Unwaith yn rhagor, wnaeth y ferch ddim ymateb o gwbl. Gan ei fod wedi gwneud y fath ymdrech i ddringo'r grisiau a chyrraedd yr ystafell, teimlai Tomi fod y ferch yn hynod anghwrtais yn ei anwybyddu fel hyn. Felly, â'i bawen dde, cydiodd ym mhlwg y system sain a'i dynnu o'r wal cyn estyn am droed y ferch â'i bawen chwith a'i tharo'n ysgafn.

Edrychodd y ferch ar ei throed a mwyaf sydyn gwaeddodd: "Aaaaaaaaaaaaaaaaaaaaaa". Bu bron i glustiau Tomi gael eu chwythu i ffwrdd gan y fath sgrech aflafar. Rhedodd am ei fywyd i gornel yr ystafell a chysgodi dan dwmpath o ddillad oedd yn drewi ychydig.

Bu distawrwydd am sbel ac roedd Tomi'n ofni mentro agor ei lygaid. Ond ymhen ychydig agorodd ei lygad dde'n raddol a sylwi ar flewiach brwsh yn cosi'i drwyn. Yn sydyn, aeth y cosi'n galetach, ac roedd yn cael ei bwnio'n galed gan y brwsh a'i wthio'n nes ac yn nes at y wal. Ceisiodd Tomi ddefnyddio'i bawennau ôl er mwyn atal ei hun rhag llithro, ond roedd y ferch yn rhy gryf.

"Aaww! Aaww! Aawww! Peidiwch!
Plis, peidiwch! Mae'n brifo!"

Yn sydyn stopiodd y pwnio â'r brwsh
a syllodd y ferch ar yr anifail bach yn
crynu o'i blaen.

"Ti'n siarad?"

Pesychodd Tomi ac anadlu'n ddwfn
cyn mentro ateb.

"Ydw! Sut ydach chi, Miss?"

Roedd gan y ferch lygaid brown
hyfryd ac roedden nhw'n syllu mewn
anghrediniaeth ar Tomi. Dechreuodd
deimlo'n swil wrth sylwi pa mor
fendigedig oedd y pâr o lygaid o'i flaen,
ac roedd ganddi drwyn bach smwt a
gwefusau tenau, coch.

"Ai tegan wyt ti?"

"Nage wir. Pam ydach chi'n meddwl
hynny?"

"Beth wyt ti 'te?"

"Twrch daear. Tomi ydy'r enw. Os ca' i
holi, be' ydy'ch enw chi?"

Dechreuodd Tomi feddwl nad

oedd y ferch yn gwybod ei henw ei
hun oherwydd wnaeth hi ddim ateb ei
gwestiwn.

"Oes batri yn dy gefen di?"

Cydiodd y ferch mewn cas
gobennydd gwag oddi ar bentwr dillad ar
ei desg, cyn gafael yn Tomi a'i roi ynddo.
Disgynnodd Tomi ar ei ben i mewn i'r
cas gobennydd a chael ei hun yn ceisio
cadw'i gydbwysedd wrth i'r ferch glymu
pen y cas. Dyma'r eildro mewn diwrnod
i Tomi ganfod ei hun yn cael ei daflu o'r
naill ochr i'r llall. Doedd heddiw'n sicr
ddim yn ddiwrnod da iddo.

Gan fod Tomi i mewn yn y cas
gobennydd, doedd o ddim yn gallu gweld
dim o'i gwmpas, ond ymhen ychydig
teimlodd ei draed yn glanio ar fwrdd neu
ddesg. Diolch byth am hynny! Wrth iddo
drio sadio'i hun clywodd lais y ferch yn
sibrwd yn fygythiol:

"Os nad wyt ti'n mynd i ddweud y
gwir wrtho i, rwy'n mynd i dy fwrw di

'da'r brwsh gwallt 'ma."

Trwy'r cas gobennydd gallai Tomi weld cysgod y brwsh yn hofran yn fygythiol uwch ei ben. Doedd hyn ddim yn argoeli'n dda o gwbl.

"Dwi ddim yn siŵr pam eich bod yn mynnu fy mygwth i â brwsh drwy'r amser. Y cwbl dwi isio ydy cael sgwrs efo chi."

Saib eto. Erfyniodd Tomi yn daer arni.

"Dim ond ni'n dau. Chi a fi. Neb arall. Siawns nad ydy hynny'n gofyn gormod? Plis!"

Tŷ Tomi Treorci

6
Helô!

Yn araf bach datododd y ferch y cwlwm ym mhen y gobennydd, a gallai Tomi weld ei fod bellach yn sefyll ar ddesg y ferch, wedi'i amgylchynu gan ddillad, llyfrau ysgol a chas pensiliau. Roedd lamp yn taflu golau go gryf i'w gyfeiriad ac roedd hwnnw'n ei atal rhag gweld wyneb y ferch yn iawn.

"Fasach chi'n meindio troi'r golau chydig i'r chwith? Mae o'n fy nallu i braidd."

Cytunodd y ferch, ac wrth iddi symud y lamp edrychodd y ddau yn hir ar ei gilydd.

"Diolch. Reit, dwi'n credu y dylen ni ddechrau o'r newydd. Tomi ydw i. Sut ydach chi?"

"Iawn … diolch."

"Da iawn wir. Ga' i ofyn be' ydy'ch enw chi?"

"Elisabeth."

"Enw del iawn. Sorri am darfu arnoch chi, Elisabeth, ond mi faswn i'n gwerthfawrogi cael sgwrs efo chi."

Doedd Elisabeth ddim yn credu beth oedd yn digwydd iddi. Dyma lle roedd hi yn ei hystafell wely yn sgwrsio â thwrch daear oedd yn pwyso ar lamp ar ei desg.

Edrychodd Tomi ar Elisabeth. Roedd hi'n bwysig dangos iddi ei fod yn hollol o ddifrif am yr hyn roedd am ei ddweud. Felly cymerodd anadl ddofn, cyfrif i ddeg yn dawel a dechrau traethu'n huawdl:

"Dwi'n cymryd mai chi sy'n gyfrifol am y tryciau a'r peiriannau sy'n gwneud llanast y tu allan i 'nghartref i?"

"Be'? Ble?"

"Does dim pwynt i chi drio gwadu'r peth. Rydan ni fel teulu wedi dioddef eu sŵn a'u llanast nhw ers misoedd. Ma' Mam wedi cael digon ac isio i ni symud tŷ, ond dwi ddim isio gadael yr ardal. Dwi'n hapus iawn yno. Felly, dwi'n gofyn yn garedig iawn: allwch chi roi'r gorau i darfu arnon ni a gadael llonydd i ni, plis?"

"'Sa i'n siŵr beth wyt ti'n sôn amdano, ond dwi'n credu bo' ti wedi camddeall. Merch ysgol ydw i a 'sa i erio'd wedi gyrru tryc nac unrhyw beiriant yn fy mywyd."

Nid dyna'r ateb roedd Tomi eisiau ei glywed. O edrych ar wyneb y ferch, roedd yn amlwg yn dweud y gwir ac yn rhy ifanc i fod yn gyrru'r peiriannau mawr oedd yn dinistrio'r tir o amgylch ei gartref. Teimlodd Tomi ei fochau'n cochi. Teimlai fel ffŵl. Roedd heddiw'n mynd o ddrwg i waeth i Tomi druan ac roedd eisiau dianc o'r ystafell cyn gynted â phosib.

"Mae'n ddrwg gen i, Elisabeth. Dwi'n

amlwg wedi gwneud smonach o bethau.
Ymddiheuriadau am darfu ar eich noson.
Hwyl fawr."

"Hei! Aros!"

"Na, mae'n rhaid i fi fynd …"

"'So ti'n mynd i unman!"

Cyn i Tomi gael cyfle i fynd
ymhellach roedd Elisabeth wedi rhoi ei
llaw i'w atal rhag symud modfedd arall.
Ofnai Tomi y byddai raid iddo ddioddef
sesiwn arall o gael ei bwnio gan frwsh a
sylwodd Elisabeth ei fod wedi cau ei gorff
yn belen fechan ac yn crynu fel jeli.

Er nad oedd hi'n deall dim o'r hyn
roedd Tomi newydd ei ddweud wrthi,
gallai Elisabeth weld ei fod yn agos at
ddagrau ac ni allai lai na theimlo trueni
drosto. Y gamp oedd ei gael i siarad
rhagor ac egluro mwy am y tryciau a'r
peiriannau hyn.

"Wyt ti wedi bwyta rhywbeth heddi?"

Ysgydwodd Tomi ei ben yn araf gan
ychwanegu'n dawel, "Plis, peidiwch â fy

rhoi i'n ôl yn y cas gobennydd 'na."

"Ol-reit, dere 'da fi."

Ar hynny rhoddodd Elisabeth gledr ei dwylo at ei gilydd gan wneud sedd fach gyfforddus i Tomi eistedd ynddi. Edrychodd Tomi i fyny a gweld Elisabeth yn gwenu arno ac yn dawel bach dywedodd, "Diolch". Yna, neidiodd i'w dwylo ac anelodd y ddau am y grisiau.

Tŷ Tomi Treorci

7
Bwyd! Bwyd! Bwyd!

Roedd y gegin yng nghartref Elisabeth yn anferth ac yn hynod fodern. Roedd pob math o drugareddau ynddi ac roedd Tomi'n gegrwth wrth weld cynnwys yr oergell dau ddrws enfawr o'i flaen. Roedd yn orlawn o fwyd a danteithion blasus, ond roedd Elisabeth yn ansicr beth yn union ddylai hi ei gynnig i'r twrch bach llwglyd.

"Beth ma' tyrchod fel ti yn ei fwyta?"

"Byddai chydig o lefrith a brechdan caws Caerffili a thomato'n hynod dderbyniol," atebodd Tomi.

Wedi iddi dywallt ychydig o laeth i soser, gwthiodd Tomi ei drwyn i mewn i'r cynnwys a defnyddio'i dafod i lyfu'r llestr nes ei fod yn sych. Cydiodd Elisabeth mewn cyllell a thorri dwy dafell o fara gwyn. Yna, rhoddodd sleisen drwchus o gaws a thomatos bach rhyngddyn nhw a thorri'r frechdan yn ddarnau bach sgwâr. Gyda'i bawennau gafaelodd Tomi yn y darnau a'u llyncu'n awchus.

"Hei! Gan bwyll, 'sa i isie i ti gael bola tost!" chwarddodd Elisabeth.

Roedd Tomi wedi anghofio pa mor sychedig a llwglyd oedd o, a theimlai'n well yn barod ar ôl cael pryd mor flasus.

"Lle crand iawn gynnoch chi yma."

"Diolch. Ma' Dad yn adeiladwr a fe sy wedi neud y gwaith i gyd ei hunan."

Cyn iddi orffen y frawddeg roedd Tomi eisoes wedi dechrau gwneud y cysylltiad.

"O! Felly, lle'n union mae'ch tad yn gweithio?"

"Ma'r safle yr ochr arall i'r dre."

"Ger tir Cae Sidan dach chi'n feddwl?"

Edrychodd Elisabeth yn syn ar yr anifail oedd erbyn hyn yn eistedd yn gyfforddus rhwng y bin bara a'r tegell, ac yn dangos ei hun drwy daflu darnau bach o domato i'r awyr a'u dal nhw yn ei geg. O weld yr ymateb ar wyneb y ferch gwyddai Tomi ei fod ar y trywydd cywir.

"Felly, fo, nid chi, sy'n gyrru'r peiriannau ger ein tŷ ni."

"Ma' fe'n codi deg o dai newydd. 'Na pam ry'n ni wedi symud i'r ardal 'ma – fe yw fforman y project."

"O ble dach chi'n dod yn wreiddiol?"

"O Dreorci, i lawr yn y de."

Edrychodd Tomi'n ddryslyd arni. De? Treorci? Doedd o erioed wedi clywed am y fath le ond roedd yn hoff iawn o'r enw ac roedd rhywbeth gwahanol a phert iawn am acen Elisabeth hefyd.

"Ydach chi'n meddwl y gallech chi

gael gair efo'ch tad a gofyn iddo fo roi'r gorau i adeiladu'r tai?"

Chwarddodd Elisabeth yn uchel, ond doedd Tomi ddim yn deall beth oedd mor ddoniol. Sylwodd Elisabeth ei fod wedi cael ei frifo gan y ffaith ei bod wedi chwerthin ac roedd hi'n teimlo'n eithaf euog am hynny, felly aeth ati i egluro.

"Dim ond y fforman yw Dad. Nage fe sy berchen y lleoliad. Gweithio ar ran rhywun arall ma' fe."

"Fydde'ch tad yn fodlon siarad efo'r perchnogion 'ta?"

"A gweud beth yn gwmws? 'Ma' teulu o dyrchod yn grac 'da chi am styrbo'u cartref nhw a ma' nhw'n moyn i chi roi'r gorau i adeiladu.' 'Sa i'n credu weithith 'na ryw ffordd."

Roedd Elisabeth yn iawn unwaith eto. Roedd y sefyllfa'n edrych yn gwbl anobeithiol. Fel petai hynny ddim yn ddigon, aeth pethau o ddrwg i waeth i Tomi druan pan agorwyd y drws ffrynt

gan Meirion, tad Elisabeth. Rhuthrodd
Gruff, ci mawr du â chynffon anferth, i
mewn i'r gegin ac anelu'n syth am Tomi.
Neidiodd y twrch yn sydyn a rhedeg tuag
at Elisabeth yn y gobaith y byddai hi'n ei
achub rhag cyfarthiad a dannedd miniog
Gruff.

Wrth lwc, roedd Elisabeth yn feistres
corn ar y labrador dwl ac fe rybuddiodd
ef i roi ei bawennau'n ôl ar y llawr. Er
mwyn osgoi cwestiynau ei thad, agorodd
Elisabeth gaead y bin bara a rhoi Tomi
ynddo, cyn cau'r caead yn glep.

Unwaith eto, safai Tomi yn y tywyllwch heb unrhyw syniad beth fyddai'n digwydd nesaf.

"Pam mae hyn yn digwydd i fi mor aml?" ebychodd yn dawel.

"Haia, Dad!"

"Shwt wyt ti, Elisabeth?"

"Iawn, diolch."

"Hei, ble ti'n mynd 'da'r bin bara 'na?"

"Dwi … moyn … neud llun ohono fe ar gyfer gwaith cartref celf."

"Dere â'r creons i'r gegin a gwna'r gwaith yn fan hyn 'te."

"Na, dwi angen llonydd i allu canolbwyntio."

A chyn i'w thad gael cyfle i holi rhagor o gwestiynau, rhoddodd Elisabeth y bin bara dan ei chesail a mentro i fyny'r grisiau yn ôl i'w hystafell wely.

8
Tŷ dol

Ar ôl iddi gau drws ei hystafell wely, a
gwneud yn siŵr nad oedd Gruff na'i
thad wedi'i dilyn, rhoddodd Elisabeth
y bin bara ar ei desg ac agor y caead.
Oherwydd iddo gael ei daflu o'r naill ochr
i'r llall wrth gael ei ruthro i fyny'r grisiau,
roedd Tomi wedi mynd i deimlo'n eithaf
sâl ac roedd y frechdan caws a thomato'n
pwyso'n drwm ar ei stumog.

"Ti'n iawn? Ti'n dishgw'l yn welw."

"Oedd raid i chi redeg i fyny'r grisiau
mor gyflym?"

"Sorri, ond o'dd ofan 'da fi y bydde

Dad yn ein dilyn ni."

Wrth i Tomi ddefnyddio'i bawennau i gael gwared â'r briwsion bara o'i flew, aeth Elisabeth i'r cwpwrdd teganau i nôl y tŷ dol yr oedd wedi'i gadw yng nghefn y cwpwrdd. Nawr ei bod hi'n ddeg oed, ystyriai ei hun yn rhy fawr ac aeddfed i chwarae â'r fath beth, ond gan mai ei thad oedd wedi'i adeiladu'n arbennig iddi ar ei phen-blwydd yn chwech oed, roedd wedi'i gadw'n ofalus yn y cwpwrdd. Wrth iddi dynnu ambell gelficyn pren o'r tŷ cwynodd Tomi:

"Dwi ddim yn credu mai rŵan ydy'r amser i chwarae doliau. Dwi isio mynd adra, a dwi angen eich help chi i wneud hynny."

"Dwi'n ffaelu mynd â ti heno."

Edrychodd Tomi arni mewn penbleth. Roedd rhywbeth od am rai o'r geiriau roedd hi'n eu dweud.

"Be' ydy 'ffaelu'?"

"Ry'n ni'n gweud 'ffaelu' i lawr yn y

de yn Nhreorci a chi'n gweud 'methu' lan man hyn yn y gogledd."

"Pan dach chi'n sôn am 'i lawr yn y de' a 'lan man hyn', pa mor bell ydy'r ddau o'i gilydd?"

"'Sa i'n hollol siŵr. Weden i tua dau gan milltir."

"FAINT?"

"Hisht! Ti ddim moyn i Dad glywed ni'n siarad."

Bu bron i Tomi â disgyn ar ei gefn i ganol y briwsion mewn sioc. Dau gan milltir! Edrychodd drwy'r ffenest cyn edrych yn ôl ar Elisabeth. Gwnaeth yr un peth fwy nag unwaith, nes gwneud i Elisabeth ofyn y cwestiwn:

"Pam wyt ti'n dishgw'l mas drwy'r ffenest bob munud?"

Gyda'i bawen fach, pwyntiodd Tomi at y lleuad wen, gron oedd yn hongian yn yr awyr a dweud:

"'Dan ni 'lan man hyn' yn galw hwnna'n lleuad, ond ai Treorci ydy'r lle yna go iawn?"

"Nage, y lleuad yw honna, y wew! Ma'
Treorci dipyn agosach. Wel, os nad oes
carafán neu lorïau ar yr A470."

"Felly, nid pobl o blaned arall ydach
chi?"

"Nage! Pam wyt ti'n meddwl hynny?"

"Rydach chi'n siarad yn od."

"Dwi'n dod o dde Cymru, nage o
blaned arall."

"O! Diolch byth am hynny. Ond dau
gan milltir! Ma' Treorci'n andros o bell."

Wrth i Elisabeth nodio'i phen i
gadarnhau hynny gallai Tomi weld
rhyw dristwch yn taflu cysgod dros ei
hwyneb. Er mwyn ceisio cuddio'r ffaith
fod dagrau'n cronni yn ei llygaid, aeth
Elisabeth ati i estyn dillad ei doliau o'r
cwpwrdd a'u gosod nhw'n dwt y tu mewn
i'r tŷ.

"'Sa i moyn i ti racso'r tŷ 'ma heno,
ti'n deall? Dwi'n moyn i ti'i gadw fe'n
deidi."

Chwarddodd Tomi. Beth ar wyneb
y ddaear oedd ystyr y gair 'rhacso'?
Gwenodd Elisabeth wrth weld Tomi'n
chwerthin. Roedd ei drwyn yn crychu a'r
blewiach yn mynd i fyny ac i lawr wrth
iddo rolio ar ei gefn. Dyma'r tro cyntaf
iddi ei weld wedi ymlacio'n llwyr.

"Rhacso yw'r gair ry'n ni'n 'i
ddefnyddio am ddifetha neu chwalu
rhywbeth."

"Pam fyddwn i'n 'rhacso'r' tŷ?"

Er ei fod yn swnio'n ddieithr, roedd
Tomi'n hoff iawn o sŵn y gair.

"Wel, pan fyddi di'n cysgu ynddo fe heno."

"Cysgu? Dwi ddim yn cysgu yn hwnna. Dwi'n mynd adra."

"Nag wyt ti ddim. 'So fe'n bosib nac yn saff i ti."

"Ond ma'n rhaid …"

"Dishgw'l 'ma, ma'n amlwg bod Gruff wedi dy arogli di gynnau ac os ei di mas drwy'r drws 'na, fe fydd e'n siŵr o dy gwrso di a dy fwyta di i swper."

Roedd yr olwg ar wyneb Tomi wrth glywed cymal olaf y frawddeg yn ddigon i Elisabeth sylweddoli ei bod hi wedi llwyddo i'w ddarbwyllo.

Pe bai Tomi'n gwbl onest, roedd holl ddigwyddiadau'r dydd wedi'i flino'n llwyr. Prin bod ganddo'r egni i fentro'n ôl i Gae Sidan, ac o weld y glaw yn dechrau pitran patran ar y ffenest, meddyliodd mai gwell fyddai iddo swatio yng nghartref Elisabeth heno a dychwelyd adref ben bore yfory.

Wrth weld ei ben yn nodio i gydsynio i'r trefniant ac aros yno am noson, gwenodd hithau. Er nad oedd hi erioed wedi gweld y fath beth â thwrch yn siarad ag acen ogleddol yn ei bywyd, roedd hi wrth ei bodd gyda'i ffrind bach newydd.

"Gan bo' ni'n ffrindie nawr, gei di weud 'ti' wrtho i o hyn mla'n."

Gwenodd Tomi ar ei ffrind newydd: "'Ti' amdani felly!"

Tŷ Tomi Treorci

9
Heno, heno,
hen blant bach

Gan fod tyrchod yn greaduriaid sy'n tueddu i aros yn eu cynefin, doedd Tomi erioed wedi cysgu oddi cartref o'r blaen, ac yn sicr doedd o erioed wedi clywed am dwrch yn cysgu mewn tŷ dol o'r blaen.

Ar ôl gwau ei ffordd drwy'r holl ystafelloedd a sylwi ar y gwahanol gelfi oedd ym mhob ystafell, penderfynodd mai ei hoff le yn y tŷ oedd yr atig. Gan fod y to a'r waliau'n isel roedd yn ei atgoffa o'i gartref ei hun, a theimlai'n ddiogel yno. Felly daeth i'r casgliad ei fod am dreulio'i noson gyntaf mewn tŷ dol yn yr atig.

Roedd wedi hen arfer defnyddio dail a brigau i gadw'n gynnes o dan y ddaear ond roedd rhywbeth yn braf am gael dillad gwely i gadw'i bawennau'n gynnes, glyd. Roedd yn deimlad od a dieithr, ond eto'n ddigon dymunol.

Wrth feddwl am ddigwyddiadau'r dydd, prin y gallai gredu'r hyn oedd wedi digwydd iddo. Dychmygai y byddai ei fam yn poeni'n fawr iawn amdano erbyn hyn, ac fe fyddai'n siŵr o gael llond pen gan ei daid am fod mor wirion â disgyn i mewn i'r bag lledr yn swyddfa'r adeiladwr. Sut oedd ei daid wedi dweud wrth ei fam, tybed? Sut ar wyneb y ddaear y llwyddodd i deithio mor bell? Pam nad oedd erioed wedi clywed y geiriau 'ffaelu' a 'rhacso' o'r blaen? Sut oedd Elisabeth yn medru bod yn berson mor annwyl a gofalus, a'i thad yn chwalu tai mor ddi-hid?

Gyda'r holl gwestiynau hyn yn

sboncio yn ei benglog, roedd Tomi'n methu'n glir â chysgu. Wrth iddo droi a throsi yn yr atig er mwyn trio'i gael ei hun i gysgu, clywodd gnoc ar do'r tŷ dol.

"Helô?"

Cododd y to a gwelodd Elisabeth yn gwenu arno.

"Ti'n ffaelu cysgu chwaith?"

Nodiodd Tomi ei ben i gadarnhau hynny. Yn dawel bach, roedd hithau'n falch o gael cwmni rhywun.

"Ti awydd sgwrs?" gofynnodd Elisabeth.

"Pam lai?"

Trodd Tomi ar ei gefn a'i hwynebu.

"Pam mae perchennog tir Cae Sidan isio difetha'n cartref ni?"

"Ma' fe'n moyn codi tai i bobl fyw ynddyn nhw, sbo."

"Ond rydan ni'n byw yno'n barod. Dydy hynny ddim yn cyfri?"

Gallai Elisabeth weld bod Tomi yn ddagreuol ac felly fe geisiodd newid y pwnc.

"Dwi wedi bod yn meddwl. Shwt ddysgest ti siarad?"

Wrth edrych ar yr ymateb ar ei wyneb, roedd yn amlwg nad oedd Tomi yn deall y cwestiwn. Felly aeth Elisabeth yn ei blaen i egluro.

"Dyw tyrchod daear ddim yn siarad â'i gilydd. Dim ond pobl sy'n siarad."

"Ers pryd?" gofynnodd Tomi.

"Wel … ers erioed."

"Pwy sy wedi deud hynny?"

"Ma' pawb yn gwybod hynny," meddai Elisabeth yn hollwybodus.

"'Dan ni'r tyrchod wedi bod yn siarad ers cyn cof. Efallai nad ydy 'pawb' wedi bod yn gwrando'n ddigon gofalus."

Gwenodd Tomi. Roedd Elisabeth yn annwyl iawn ond roedd ganddi dipyn i'w ddysgu am fywyd.

Dyna lle bu'r ddau'n siarad am oriau, yn gwenu ac yn chwerthin, ac wrth i Tomi ateb y cant a mil o gwestiynau oedd gan Elisabeth i'w gofyn, dechreuodd ei lygaid drymhau. O fewn dim, roedd sŵn chwyrnu bach i'w glywed o gyfeiriad y tŷ dol a'r lleuad yn disgleirio'n llachar ar drwyn Tomi. Gosododd Elisabeth y to'n ôl yn ofalus a dychwelyd i'w gwely hithau i gysgu tan y bore bach.

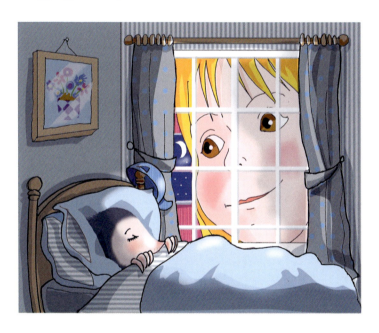

Tŷ Tomi Treorci

10
Dawns a disgo

Mae'n rhaid bod Tomi wedi blino'n arw
ar ôl ei anturiaethau oherwydd cysgodd
yn sownd am ddeuddeg awr a rhagor.
Pan ddeffrodd, roedd y lleuad wedi ildio'i
lle i'r haul a hwnnw'n gwenu'n gynnes ar
Tomi drwy ffenest y tŷ dol.

Teimlai'r twrch bach yn hapus a
diddig, a byddai wedi bod yn fwy na
bodlon troi ar ei ochr a mynd yn ôl i
gysgu, ond roedd angen iddo ddychwelyd
adref i Gae Sidan. Aeth i lawr grisiau'r
tŷ dol gan ddylyfu'i ên ac ymestyn ei
gorff. Dyna'r cwsg gorau iddo'i gael ers

misoedd lawer. Dim sŵn peiriannau, dim tywydd gwlyb, dim llwynogod a draenogod digywilydd – llonyddwch perffaith i gysgu'n braf.

Ar ôl cyrraedd y cyntedd, sylwodd fod drws y tŷ dol wedi'i gau'n dynn, ac felly aeth i'r gegin. Gwelodd sgwaryn papur bach melyn ar y bwrdd. Roedd neges arno:

'Wedi gorfod mynd i'r ysgol. Fydda i'n ôl whap! Elisabeth x.'

Ysgydwodd Tomi ei ben dan chwerthin. Beth ar y ddaear oedd ystyr y gair 'whap'? Weithiau roedd geirfa Elisabeth yn hynod od.

Drws nesaf i'r nodyn roedd soser fechan o lefrith a phowlen yn orlawn o frechdanau caws a thomato wedi'u torri'n sgwariau bach twt. Gwenodd Tomi wrtho'i hun. Roedd hyn yn union fel bod ar wyliau – gallai'n hawdd ddod i arfer â hyn.

Wrth gnoi brechdan, cafodd Tomi

ei hun mewn penbleth. Gwyddai fod
Elisabeth wedi'i siarsio i beidio â symud
o'i hystafell wely, ond roedd hefyd yn
ymwybodol y byddai ei fam a'i daid yn
poeni amdano ac y dylai ddychwelyd i
Gae Sidan. Efallai y dylai gychwyn ar
ei daith ar ôl bwyta, er mwyn gwneud
yn siŵr y byddai yno mewn da bryd. Y
cwestiwn oedd: sut oedd mynd yn ôl i
Gae Sidan?

Wrthi'n edrych allan drwy'r ffenest yr
oedd Tomi pan welodd sgrin fawr o flaen
y tŷ dol a hwnnw'n crynu i gyd ac yn
canu grwndi. Roedd sgwaryn papur bach
melyn arall wedi'i lynu i'r sgrin. Aeth
Tomi drwy'r drws i weld beth oedd wedi'i
ysgrifennu arno.

'Pan fydd hwn yn canu, pwysa hwn',
a saeth fawr mewn inc du yn pwyntio at
fotwm. Doedd Tomi ddim yn gwybod
beth oedd y peth gorau i'w wneud ond
yn y diwedd, a'r sgrin yn dal i grynu,
cafodd chwilfrydedd y gorau arno a

phenderfynodd bwyso'r botwm.

Yn sydyn, ymddangosodd llun mawr
o Elisabeth ar y sgrin, a dyna lle roedd
hi yn ei gwisg ysgol yn codi llaw ar
Tomi ac yn dweud 'Helô'. Roedd Tomi
yn gwbl syfrdan.

"Lle wyt ti, Elisabeth?"

"Yn yr ysgol."

"Ond sut? … Sut?"

Doedd Tomi ddim yn deall sut y
gallai Elisabeth fod yn yr ysgol a bod
yn yr ystafell wely yr un pryd. Eglurodd
Elisabeth ei bod hi'n amser egwyl arnyn
nhw a'i bod wedi defnyddio'i ffôn i
gysylltu gan ei bod yn amau y byddai o'n
ceisio sleifio o'i chartref tra oedd hi yn yr
ysgol. Roedd yn amlwg fod Elisabeth yn
adnabod Tomi yn eithaf da ac fe geisiodd
yntau ei pherswadio mai dyna oedd y
peth callaf i'w wneud.

"Mae'n rhaid i fi fynd i chwilio am
Mam a Taid."

"Dwi'n deall hynny, ond gad i fi dy

helpu di. Byddwn ni'n gynt os awn ni
'da'n gilydd."

"Ond ..."

Gallai Elisabeth weld nad oedd
Tomi'n gwbl hapus gyda'r trefniant hwn,
ac er mwyn ceisio lleddfu rhywfaint ar ei
bryderon fe ddywedodd wrtho:

'Plis, Tomi. Fe ddof i'n syth adre
unwaith fydd y gwersi wedi cwpla.
Dishgw'l, ma'n rhaid i fi fynd nawr.
Wela i di nes mla'n. Plis, paid â mynd.
Addo?"

Er ei fod yn dyheu am gael mynd
adref, doedd Tomi ddim am dorri'i air ac
felly cytunodd.

"Gaddo."

Gwenodd Elisabeth wrth weiddi
'hwrê' bach a chodi'i bawd ar Tomi.
Mewn chwinciad, roedd hi wedi
diflannu a'r sgrin yn ddu ac yn llonydd
unwaith yn rhagor. Cerddodd Tomi o
amgylch y sgrin gan ofyn iddo'i hun:
"Be'n union ydy'r peiriant yma?"

Wedi cerdded o'i amgylch ambell waith penderfynodd neidio arno, a darganfod ei fod yn hynod esmwyth ond llithrig. Yn union fel y llyn yng ngwaelod Cae Sidan ar ddiwrnod oer ym mis Chwefror, roedd y peiriant hwn yn beth gwych i Tomi sglefrio arno. Er y bu bron iddo â cholli'i gydbwysedd ambell waith, roedd wrth ei fodd yn llithro ar ei hyd. Yn sydyn, dechreuodd rhyw gerddoriaeth ddod o grombil y peiriant. Roedd hwn wir yn beiriant anhygoel, llawn hud a lledrith.

Edrychodd Tomi ar y sgrin a gweld teitl cân 'Fy nabod i' gan y Cledrau yn fflachio'n fawr arno. Ers pan oedd yn fabi twrch, roedd Tomi wedi mwynhau cerddoriaeth. Wrth i guriad y drwm a'r bas asio â'i gilydd, dechreuodd pawen ôl dde Tomi gyd-fynd â'r curiad, ac yna'r bawen ôl chwith. Erbyn dechrau'r cytgan roedd Tomi'n sglefrio ar hyd y sgrin fel alarch gosgeiddig ac yn canu nerth ei ben, wedi anghofio popeth am Gae Sidan a'i fam a'i daid.

Tŷ Tomi Treorci

11
Adref

Trwy gydol y dydd câi Elisabeth gryn drafferth i ganolbwyntio ar y gwersi a chafodd gerydd gan Miss Davies am redeg ar yr iard wedi i'r gloch ganu i ddynodi diwedd y dydd. Prin y gallai Elisabeth esbonio wrth ei phennaeth fod twrch daear yn disgwyl amdani gartref. Roedd yn gobeithio'n arw nad oedd Tomi wedi rhacso'i thŷ.

Wedi iddi ddod yn ôl o'r ysgol, rhedodd Elisabeth i fyny'r grisiau ac agor drws ei hystafell wely. Dyna lle roedd Tomi yn gorwedd ar ei gefn ar y tabled yn llonydd fel delw.

"Tomi! Ti'n iawn?"

Dim ateb.

"Tomi! Ateb fi!"

Rhedodd at y tabled a gweld Tomi'n agor ei lygaid ac yn gwenu fel giât.

"Dwi wedi cael yr amser mwya anhygoel. Mae'r Cledrau'n grŵp ffantastig."

"Odyn! Dwi'n gwbod taw Gogs y'n nhw, ond ma' nhw'n whare miwsig teidi, whare teg," tynnodd Elisabeth goes Tomi.

"Gest di ddiwrnod da yn yr ysgol?"

"Naddo. 'Sa i'n hoffi'r lle ryw lawer."

"Pam?" holodd Tomi.

"Ma'r gwersi'n ddiflas a 'sa i'n nabod llawer o'r plant. Ma' pawb yn gweud bo' nhw'n ffaelu fy neall i'n siarad," atebodd Elisabeth gan eistedd ar y llawr.

"Nonsens. Dwi'n dy ddeall di, a dim ond ers ddoe dwi'n dy nabod di."

"Yn gwmws!"

"Be ydy ystyr 'yn gwmws'?"

"Yn union."

"Waw! Dwi'n hoffi'r gair yna. Yn gwmws!"

Ailadroddodd Tomi y gair dro ar ôl tro a chwarddodd y ddau dros y lle. Roedd yn amlwg fod Tomi ac Elisabeth yn deall ei gilydd i'r dim.

"Dwi wedi joio dy ga'l di 'ma shwt gyment."

"Dw inna wir wedi mwynhau hefyd, ond dwi'n meddwl ei bod hi'n amser i fi fynd adra," meddai Tomi.

"Oes raid i ti?"

"Bydd Mam a Taid yn poeni lle ydw i. Neu fel wyt ti'n deud, 'yn becso'!"

"Dere mla'n, 'te," meddai Elisabeth a chodi oddi ar ei heistedd.

"Sut wyt ti'n mynd i fy nghario i? Alli di ddim cario bin bara neu'r tŷ dol i'r safle adeiladu."

"Na, ti'n iawn! Beth am i fi dy roi di yn fy mhoced?"

Doedd Tomi ddim yn gwbl hapus am hyn. Er bod côt binc Elisabeth yn edrych yn glyd iawn, roedd yn amau a fyddai'n gyfforddus i deithio'n bell ynddi, a doedd ganddo fawr o awydd rhannu lle â hancesi poced budr a hen ddarnau o felysion.

"Be' am i fi fynd i mewn i'r hwd?" awgrymodd.

Cydiodd Elisabeth yn Tomi a'i osod yn ofalus yn yr hwd cyn rhoi'r gôt amdani a'i chau'n dynn. Edrychodd Tomi ar y tŷ dol – roedd wedi bod yn braf cael treulio'r nos ynddo, ond roedd yn edrych ymlaen at gael gweld ei fam a'i daid unwaith eto. Wrth feddwl am y ddau, gofynnodd Tomi a fyddai modd i Elisabeth bicio i'r gegin ar y ffordd. Gwyddai fod ei daid yn hoff iawn o frechdan jam a chaws, a fyddai dim yn ei blesio'n fwy na chael dwy dafell o fara gwyn a stribyn trwchus o jam mefus a chaws Caerffili rhyngddyn nhw.

"Ry'ch chi dyrchod yn hoff o'ch bwyd, on'd y'ch chi?"

"Dyna rywbeth arall sy'n gyffredin rhyngon ni a phobl – hoffter o fwyd!"

12
Traws Cambria

Oherwydd bod Tomi wedi cyrraedd cartref Elisabeth yng nghrombil bag lledr brown ei thad, welodd o ddim o'r daith rhwng y fan honno a Chae Sidan. Felly pan gerddodd Elisabeth i lawr y stryd, roedd Tomi wedi dotio at y gerddi bach lliwgar oedd o flaen pob un o'r tai roedden nhw'n mynd heibio iddyn nhw.

Buan y trodd y mwynhad yn bryder wrth i Elisabeth godi ei llaw ar beiriant mecanyddol swnllyd ag olwynion enfawr fel traed. Roedd y rhain yn atgoffa Tomi o'r lorïau a'r jac codi baw oedd yn rhwygo'r tir yn ddarnau yng Nghae Sidan.

"Bysys ry'n ni'n galw'r rhain. Dwi'n mynd ar un o'r rhain i'r ysgol bob dydd," meddai Elisabeth yn hwyliog wrth neidio ar y bws a thalu'r gyrrwr.

Roedd Tomi wedi clywed llawer am y bysys hyn gan ei deulu, ac yn ôl yr hanes, roedd sawl twrch daear wedi cael niwed drwg iawn – a gwaeth – oherwydd y cerbydau hyn. Gallai Elisabeth weld nad oedd Tomi yn edrych yn hynod gyfforddus, felly mwythodd ef â'i dwylo meddal a dweud yn ddistaw: "Paid â becso, 'sa i'n mynd i adael i ddim byd drwg ddigwydd i ti."

Roedd clywed y geiriau hynny'n gysur mawr i Tomi, ond roedd yn dal braidd yn nerfus wrth i'r ddau deithio ar y bws.

Roedd y daith yn ddigon difyr. Gwibiai'r siopau a'r tai heibio ac aeth Tomi i deimlo ychydig yn benysgafn oherwydd iddo geisio cyfrif yr holl adeiladau roedden nhw'n eu pasio. Doedd o ddim wedi mentro mor bell o Gae Sidan erioed o'r blaen ac felly roedd y rhan hon o'r dref yn gwbl ddieithr iddo.

Wrth iddyn nhw gyrraedd Cae Sidan gwenodd Tomi wrtho'i hun. Er mor braf oedd cael cysgu mewn tŷ a chael digonedd o frechdanau blasus a llefrith, roedd yn deimlad braf iawn cael bod yn ôl.

Cydiodd Tomi yn ysgafn mewn cudyn o wallt Elisabeth a dweud, "Mae angen i ti groesi fan hyn."

Roedden nhw ar fin ei throi hi am gartref Tomi pan glywson nhw lais dyn yn gweiddi:

"Elisabeth, beth wyt ti'n neud man hyn?"

Trodd y ferch a gweld ei thad yn gwisgo'i het galed adeiladwr ac yn anelu amdanyn nhw. Am ychydig eiliadau wyddai Elisabeth ddim sut i'w ateb ond sibrydodd Tomi yn ei chlust, "Defnyddia'r frechdan sydd yn dy boced fel esgus!"

"O't ti wedi gadael y rhain gartref,"
meddai wrth ei thad.

"Jiw, whare teg i ti, ond o'dd dim isie
i ti ddod yr holl ffordd yma. Ma' hi bron
yn amser i fi ddod gartre 'ta beth."

"O'n i'n meddwl falle y byddet ti'n
starfo."

"Der i mewn i'r caban. Gewn ni
ddishgled 'da'n gilydd," meddai ei thad.

"Na! Dwi'n moyn mynd am wâc –
tamed bach o awyr iach ar ôl bod yn yr
ysgol drwy'r dydd."

"'So safle adeiladu yn lle i fynd am wâc, ti'n gwbod."

Er bod ei thad yn awyddus i'w ferch fynd gydag ef i ddiogelwch y caban gwaith, roedd Tomi ar y llaw arall yn defnyddio'i bawen i dapio'i phen er mwyn ceisio'i pherswadio i fynd i gyfeiriad ei gartref. Roedd yn sibrwd yn ei chlust, 'Plis, paid â mynd i mewn. Dwi angen mynd i weld Mam a Taid."

Roedd Elisabeth yn ansicr sut i ddatrys y mater a throdd at ei thad a dweud, "Rho bum munud i fi ac fe ddof i atat ti. Dwi'n moyn … ffonio Julie … i weud wrthi am y gwaith cartref."

"Pwy yw Julie?"

"Merch … sydd yn yr un dosbarth â fi. A'th hi gartre'n dost amser cinio a 'so hi'n gwbod dim am y gwaith ry'n ni'n gorfod ei gwpla erbyn fory."

"Ocê, ond paid â bod yn hir, a phaid â mynd yn bell. 'Sa i'n moyn i ti fod mas fan hyn yn rhy hir. 'So fe'n saff."

"Fe fydda i'n iawn, Dad. Paid â becso. Cer i roi'r tegell mla'n i ni ga'l dishgled."

Trodd ei thad a mynd i gyfeiriad y caban llwyd lle roedd Tomi wedi disgyn i mewn i'r bag lledr brown.

"Ffiw! Roedd hynna'n agos!" ebychodd Tomi.

"Sorri am y frechdan," meddai Elisabeth.

"Paid â phoeni dim. Mi fydda i'n iawn yn fan hyn os wyt ti isio mynd at dy dad."

"Na. Hoffen i weld lle ti'n byw, a cwrdd â dy fam a dy daid."

"Tyrd, reit handi, y ffordd yma."

13
Uffern ar y ddaear

"Tro i'r chwith. Ia, dyna ti, ac wedyn i'r dde."

Roedd Tomi'n dda gyda'i gyfarwyddiadau ac yn cyfeirio Elisabeth yn ofalus drwy'r gwair a'r tyfiant. Er mai dim ond am noson roedd wedi bod oddi cartref roedd yn edrych ymlaen yn arw at gael dychwelyd yno a gweld ei fam a'i daid. Gallai deimlo'i galon yn curo'n gyflymach wrth iddyn nhw agosáu at y mynediad i'r twnnel oedd yn arwain i'w gartref.

"Gyda lwc, fyddwn i yno mewn …

Nnnnnnnnaaaaaaaa!"

Sgrechiodd Tomi wrth weld yr olygfa o'i flaen. Roedd y peiriannau mawr trwm wedi cyrraedd y twnnel a'r olwynion a'r metel wedi chwalu'r tir lle'r arferai cartref Tomi fod.

"Mam! Mam! Taid! Taid!"

"Paid â gweiddi, Tomi."

"Ond ma' Mam a Taid yn fan 'na!"

Neidiodd Tomi allan o gôt Elisabeth a rhedeg i lawr ei braich, cyn neidio i'r llawr a rhedeg i gyfeiriad y twmpath o bridd oedd yn arfer bod yn fynediad i'w gartref. Dechreuodd grafu'r pridd â'i bawennau a'i daflu'n wyllt i'r naill ochr gan weiddi:

"Mam! Taid! Ydach chi'n fy nghlywed i?"

Daeth Elisabeth i sefyll wrth ei ochr a'i helpu i dyllu. Roedd ei chalon yn gwaedu drosto wrth weld y dagrau'n cronni yn ei lygaid. Gan ei bod hi'n dechrau tywyllu, doedden nhw ddim yn gallu gweld yn dda iawn, ond dyna lle roedden nhw ar eu gliniau'n defnyddio'u pawennau a'u dwylo fel melinau gwynt i symud y pridd.

"Mam! Taid! Lle ydach chi?"

"Falle bod y ddau wedi gadael cyn …"

"Fasan nhw ddim yn mynd hebdda i."

"Dishgw'l, Tomi …"

"Na! Ti ddim yn eu nabod nhw …"

Parhaodd Tomi i daflu'r pridd i'r naill ochr. Roedd ei anadl yn drwm a'r chwys yn llifo drwy'i gôt flewog.

"Lle ydach chi? Atebwch fi!"

Distawrwydd.

Cododd Elisabeth ar ei thraed ac edrych ar Tomi druan. Roedd hyn yn dorcalonnus.

"Tomi! 'Sa i'n gwybod shwt i weud hyn, ond …"

"Hisshhht! Ti'n clywed rhywbeth?"

Aeth Elisabeth i lawr ar ei chwrcwd a gwrando'n astud.

"Nagw!"

"Glywes i sŵn griddfan."

"'Sa i'n clywed dim …"

"Dyna fo eto!"

Erbyn hyn roedd corff a dillad Tomi'n frown oherwydd yr holl bridd yr oedd wedi'i symud, ac er ei fod wedi llwyr ymlâdd, roedd clywed y griddfan yn rhoi nerth newydd iddo. Parhaodd i dyrchu ac yn raddol, yng nghanol y pridd, y cerrig a'r brigau, gwelodd bâr o bawennau'n dod i'r golwg allan o'r tir. Pawennau Taid.

"Taid! Taid! Ydach chi'n fy nghlywed i?"

Gyda help Elisabeth, llusgwyd Taid allan ac estynnodd Elisabeth ei hances i sychu'r pridd oddi ar ei wyneb. Dechreuodd Taid besychu'n drwm a phoeri darnau o bridd o'i geg.

"Be' ddigwyddodd, Taid?"

"Y peiriannau … Yr adeiladwyr … A'th pobman yn ddu."

"Lle mae Mam?"

"Dwi yn fan 'ma," meddai llais bach.

Edrychodd Tomi'n ôl a gweld ei fam yn brwsio pridd oddi ar ei dillad. Rhedodd Tomi ati a rhoi cwtsh anferth iddi.

"Mam! Dwi mor falch o weld y ddau ohonoch chi."

Cyn iddi gael cyfle i ddweud gair, clywson nhw lais Meirion yn agosáu: "Elisabeth! Elisabeth!"

Dechreuodd Taid grynu fel jeli ac meddai'n ofnus, "Llais dyn ydy hwnna! Mae hi ar ben arnon ni."

Trodd Tomi at Elisabeth a dweud:

"Cer at dy dad."

"Ond …"

"Plis! Jyst cer!"

Trodd Elisabeth ar ei sawdl, ond cyn iddi fynd edrychodd ar y tri thwrch bach yn anadlu'n ddwfn yng nghanol môr o bridd a llanast. Roedd hi wir eisiau aros i helpu ei ffrind ond roedd ei thad yn galw, felly cerddodd tuag ato gan weiddi:

"Haia! Dwi fan hyn!"

"Dishgw'l ar y llanast sydd arnat ti."

"Sorri! Golles i … fodrwy ar lawr."

"Ti wedi'i ffindo hi?"

Nodiodd Elisabeth a cherddodd y ddau i gyfeiriad cabanau safle'r adeiladwyr gan adael Tomi a'i deulu'n crynu ac yn cydio'n dynn yn ei gilydd. Roedd y tri'n chwerthin trwy eu dagrau.

14
Adfail

Erbyn i'r wawr dorri gallai Tomi weld y difrod roedd y peiriannau wedi'i wneud i'w gartref. Prin y gallai alw'r lle'n gartref bellach – roedd y waliau wedi'u chwalu a'r dodrefn a'r celfi yn ddarnau mân. Yn syml iawn, roedd ei gartref yn debycach i adfail ac ôl y peiriannau i'w weld yn y pridd a'r mwd.

Chysgodd yr un ohonyn nhw ddim winc y noson honno. Ceisiodd Gwen roi rhywfaint o drefn ar y celfi yn y gegin ond roedd hynny'n gwbl ofer.

"Bu bron iawn i ni gael ein lladd o dy

achos di," meddai'n sydyn.

"Peidiwch â dweud y ffasiwn beth!" atebodd Tomi'n syn.

"Mae'n wir! Roedden ni wedi trefnu ein bod ni'n gadael efo'n gilydd. A be' wnest ti? Rhedeg i ffwrdd a thrio bod yn glyfar!"

Roedd Tomi'n teimlo'n ddigon euog fel roedd hi heb i'w fam ychwanegu at y teimlad hwnnw.

"Mae'n ddrwg gen i, Mam. Dim ond trio helpu o'n i."

"Dwi'n gwbod, ond dylet ti fod wedi dysgu erbyn hyn i beidio â gneud dim efo pobl."

"Be' ydan ni'n mynd i'w neud rŵan?"

"Dwi'm yn gwbod, Tomi bach."

Ar hynny clywodd y tri sŵn traed yn agosáu a gallai Tomi weld ei fam a'i daid yn gwelwi'n sydyn.

"Mae'r adeiladwyr yn dechrau arni unwaith eto …"

"Tomi! Tomi! Wyt ti yno?"

Rhoddodd Tomi ochenaid o ryddhad wrth sylweddoli mai Elisabeth oedd y tu allan, ond roedd ei fam yn dal i fod yn nerfus.

"Pwy sy' 'na?"

"Elisabeth."

"Pwy ydy Elisabeth pan mae hi adra?"

"Hi edrychodd ar fy ôl i wedi i mi ddisgyn i mewn i'r bag."

"Paid ag agor y drws iddi."

"Pam?"

"Sawl gwaith sydd eisiau i mi ddweud? Alli di ddim trystio pobl."

"Ond …"

"Maen nhw i gyd yr un fath."

"Ma' Elisabeth yn wahanol."

"Nac'di ddim! Ddaw dim da o hyn, dwi'n deud wrthat ti!"

Aeth Tomi at y drws – neu'r hyn oedd yn weddill ohono o leiaf – a'i agor yn araf. Edrychodd i fyny a gweld Elisabeth yn edrych arno a'i bag ysgol ar ei hysgwydd.

"Helô! Shwt wyt ti?"

"Ddim yn rhy ddrwg."

"Shwt ma' dy fam a dy daid?"

"Gweddol."

Cafwyd saib annifyr rhwng y ddau wrth iddyn nhw edrych ar yr olygfa o'u blaenau. Roedd y tir wedi troi'n gae o fwd a thractors, ac roedd pegiau pren yn y tir ar gyfer gosod sylfeini'r tai newydd.

"Shwt olwg sydd ar eich tŷ chi?"

"Be' wyt ti isio, Elisabeth?"

Roedd cwestiwn Tomi'n finiog a doedd Elisabeth ddim yn siŵr sut i ymateb. Sylweddolodd Tomi iddo fod ychydig yn ddiamynedd gyda hi ac roedd yn teimlo'n euog am hynny.

"Sorri. Do'n i ddim yn bwriadu bod yn swta efo ti."

Unwaith eto, cafwyd tawelwch rhwng y ddau, a doedd y naill na'r llall yn siŵr iawn sut i barhau â'r sgwrs.

"Ti'n meddwl allen i weud 'helô' wrth dy fam a dy daid?"

"Dwi'm yn credu bod hynny'n syniad rhy dda."

"Pam?"

"Does 'na fawr o hwyliau ar y ddau."

"Fe alla i ddeall hynny. Ond hoffen i eu gweld nhw. Ma' 'da fi rywbeth i ofyn iddyn nhw."

Edrychodd Tomi ar Elisabeth. Roedd golwg benderfynol arni, yn union fel ei fam. Yn amlwg, doedd Elisabeth ddim yn bwriadu gadael nes ei bod hi wedi cael ei ffordd ei hun.

"Mam! Taid! Dewch yma am funud."

Tŷ Tomi Treorci

15
Ffydd, gobaith, cariad

"Na! Na! Na!"

Edrychodd Gwen yn flin ar Elisabeth. Ar ôl holl ddigwyddiadau'r diwrnod cynt, roedd syniad o'r fath yn wirion bost.

"Ond pam ddim?" gofynnodd Elisabeth.

"Achos bod y syniad yn boncyrs!" atebodd Gwen yn swta.

"Ond bydde fe'n grêt 'se chi'n dod i fyw at Dad a fi."

"Byth!" meddai Gwen yn bendant.

Roedd hi wedi cael llond bol ar wrando ar Elisabeth yn siarad nonsens.

Symud i fyw ati hi? Roedd y peth yn chwerthinllyd. Doedd pobl a thyrchod yn amlwg ddim yn hoff o'i gilydd, a'r peth diwethaf roedd hi am ei wneud oedd ymddiried yn un ohonyn nhw. Roedd Taid yn dal i besychu'n drwm ac yn dawedog iawn. Tomi oedd yr unig un oedd yn meddwl bod awgrym Elisabeth yn gwneud synnwyr.

"Mae o'n gynnig caredig iawn, Mam, ac mae Elisabeth yn …"

"Na! Mae hi'n un ohonyn nhw, a dwi ddim yn trystio dim arnyn nhw."

"Be' dach chi'n feddwl, Taid?"

Roedd Tomi wir yn gobeithio y byddai ei daid yn rhoi'r gefnogaeth angenrheidiol iddo, ond roedd o'n dal i ddioddef yn enbyd wedi digwyddiadau ddoe. Y peth diwethaf roedd o eisiau'i wneud oedd cael ei lusgo i ganol dadl rhwng ei ferch a'i ŵyr.

"Dwi'n credu falle y dylet ti wrando ar dy fam."

Roedd hon yn gryn ergyd i Tomi, ac wrth droi i edrych ar Elisabeth gallai weld ei bod hithau'n siomedig hefyd.

"Mae'n ddrwg gen i, Elisabeth. Dwi'n meddwl dy fod yn eithriadol o glên yn cynnig cartref i ni, ond os ydy Mam yn deud …"

"Ydw, mi ydw i'n deud!" torrodd Gwen ar ei draws.

"Mrs Twrch, fyddech chi'n meindio bo' fi'n gweud rhywbeth?"

"Gwastraffu'ch amser fyddwch chi."

Penderfynodd Elisabeth lyncu'i phoer a chymryd anadl ddofn cyn siarad yn ofalus a thawel.

"Dwi'n gwbod bo' chi'n grac am beth …"

"Tomi! Be' ydy 'crac'?"

Edrychodd Gwen yn ddiamynedd ar Tomi gan ddisgwyl y byddai ei mab yn medru egluro ystyr y gair, ond fe eglurodd Elisabeth wrthi'n dawel.

"'Crac' yw bod yn flin neu'n ddig."

"Wel, pam na fasach chi'n deud 'blin'

neu 'dig' 'ta?"

"Mae hi'n dod o Dreorci, Mam. Lawr yn y de."

Edrychodd Taid yn syn ar Elisabeth, a'i lygaid mawr yn dangos eiliad o sioncrwydd am y tro cyntaf ers sbel fawr.

"Aeth hen D'ewythr Percy i lawr i'r sowth i chwilio am waith flynyddoedd yn ôl. Twrch doniol ac annwyl iawn. Ydach chi wedi dod ar ei draws o gwbl?"

"Peidiwch â siarad yn wirion, Dad. Dwi ddim hyd yn oed yn cofio D'ewythr Percy a ma' hon flynyddoedd yn iau na fi. Gyda llaw, faint ydy'ch oed chi?"

"Deg oed."

"Sorri. Fi oedd yn meddwl falle y basach chi'n ei nabod."

"Mae'n iawn, siŵr."

Gwenodd Elisabeth ryw fymryn wrth weld mai Gwen oedd y bòs yn y cartref hwn ac roedd hynny'n rhywbeth roedd hi'n ei edmygu.

"Dwi'n gwbod bo' chi'n grac, ond

nage bai Dad na fi yw e bo' chi yn y cawlach 'ma …"

"Cawlach? Be' ydy ystyr 'cawlach'?"

"Sorri. Nage ni sy'n gyfrifol am y caw… smonach 'ma, a chi'n ffaelu aros man hyn. 'So fe'n ddiogel. Bydd y JCBs a'r lorïe 'ma whap, a 'sa i isie i chi ga'l loes. Cyn i chi ofyn, 'brifo' yw ystyr 'loes'."

Edrychodd Gwen o'i chwmpas, ac er bod yn gas ganddi gyfaddef hynny, roedd y ferch yn dweud y gwir. Roedd y lle hwn bellach yn rhy beryglus i'w theulu bach fyw ynddo.

"Dewch i fyw at Dad a fi. Beth y'ch chi'n weud?"

Y cwestiwn mawr oedd, allai Gwen drystio'r ferch hon?

Tŷ Tomi Treorci

16
Gadael

Agorodd Elisabeth ei bag ysgol a'i roi ar y llawr gan estyn gwahoddiad i'r tri thwrch bach gerdded i mewn iddo. Edrychodd Gwen yn bur amheus ar y ferch ifanc cyn dweud yn gwbl blaen a phenderfynol:

"Dwi ddim yn mynd i mewn i hwnna. Beryg y bydd hi wedi'n cau ni i mewn ynddo a'i daflu i mewn i'r afon a'n boddi ni i gyd."

"Rhag eich c'wilydd chi'n meddwl shwt beth. Dwi'n treial fy ngorau i'ch helpu chi, a'r cwbl ry'ch chi'n neud yw conan!"

Roedd Elisabeth wedi dechrau cael llond bol ar yr holl feirniadu gan Gwen. Byddai gweithwyr y safle adeiladu yn cyrraedd cyn hir a doedd dim amser i gwyno a bod yn negyddol.

"Y'ch chi'n moyn dod gyda fi neu beidio?"

Edrychodd y tyrchod yn ansicr ar ei gilydd, a Taid oedd y cyntaf i gymryd cam tuag at y bag.

"Mae gan Elisabeth wyneb caredig. Dwi ddim yn credu y byddai hi'n ein brifo ni'n fwriadol."

Ar hynny, trodd i edrych ar Elisabeth a gwenu arni gan ddangos dannedd melyn oedd wedi pydru. Ymatebodd hithau drwy godi ei bawd arno a sibrwd "Diolch" yn ei glust wrth iddo fentro i mewn i'r bag gwyrdd.

"Dwi wedi neud brechdane caws a jam i chi. Roedd Tomi yn gweud taw dyna'ch ffefryn."

"Elisabeth, dach chi mor feddylgar.

Diolch. Oes 'na siocled yn y bag hefyd?"

"Ers pryd ma' tyrchod yn hoffi siocled?" gofynnodd Elisabeth.

"Mae'n amlwg fod 'na lawer o bethau dydach chi ddim yn eu gwbod amdanon ni, dyrchod daear," meddai Mam yn syth, cyn edrych ar ei thad a'i mab yn eistedd yn glyd yn y bag yn bwyta'n awchus.

Trodd i edrych ar Elisabeth a dweud
yn dawel ond yn bendant, "Dwi ddim
cweit yn siŵr be' ydy'ch gêm chi, ond
dwi'n cadw llygad arnoch chi."

Ar hynny, dilynodd ôl pawennau
ei chyd-dyrchod a cherdded i mewn i'r
bag. Gwenodd Elisabeth wrth weld y
tri'n claddu'r bwyd yn awchus, a chau'r
bag yn dynn cyn ei roi'n ofalus dros ei
hysgwydd.

Er eu bod yn ymddangos yn
greaduriaid digon bach ac ysgafn, roedd
cario tri thwrch yn ei bag ysgol yn waith
caled a chwyslyd i Elisabeth druan.
Bu bron iddi lithro sawl gwaith wrth
stryffaglio i'w cario adref yn ddiogel.

Ar ôl iddi fentro trwy ddrws ffrynt
y tŷ gwaeddodd yn uchel: "Dad? Gruff?
Dad? Gruff?" ond ni chafwyd unrhyw
ateb. Roedd y lle'n dawel fel y bedd. Yr
unig beth allai hi ei glywed oedd anadl a
chwynion y tyrchod daear o'r tu mewn i'r
bag.

"Wnewch chi, plis, agor y bag 'ma? Dwi'n mygu yn fan hyn."

Ar ôl i Elisabeth fynd drwodd i'r gegin, agorodd y bag yn ofalus a gweld Taid yn brwydro i gael ei wynt ato a Gwen yn ceisio'i helpu i ddod allan.

"Mi gymeroch chi'ch amser," cwynodd Gwen.

"Gad lonydd iddi. Roedd yr hogan yn trio'i gorau," meddai Taid.

"Cerwch i nôl llefrith iddo," meddai Gwen yn swta.

"Mam! Be' dach chi wastad yn fy atgoffa i i'w ddeud pan dwi'n gofyn am rwbath?"

Edrychodd Gwen yn flin ar Tomi, ond gwyddai ei fod yn llygad ei le. Felly meddalodd ychydig ar ei hagwedd a dweud yn fwy caredig a chwrtais: "Cerwch i nôl soser o lefrith, plis!"

"Dyna welliant!" meddai Tomi â gwên ar ei wyneb.

Aeth Elisabeth drwodd i'r gegin ac

estyn soser a'i llenwi â llaeth. Cyn iddi gael cyfle i'w rhoi ar y bwrdd ger y bag roedd Taid yn llarpio'r cynnwys. Roedd yn amlwg yn hynod sychedig.

Wrth i Taid yfed, edrychodd Gwen mewn anghrediniaeth ar y gegin fodern o'i chwmpas ac anelodd Elisabeth am y grisiau a'i hystafell wely.

17
Cartref

"Fy nhŷ i!" gwaeddodd Tomi gan redeg tuag at y tŷ dol pren, lliwgar wrth i Elisabeth ei gario i mewn i'r gegin.
Wrth weld Tomi wedi cyffroi drwyddo, edrychodd Gwen a Taid ar ei gilydd yn wirion.

Ar ôl ei osod ar y llawr penderfynodd Elisabeth y dylai egluro wrth y ddau arall: "Pan arhosodd Tomi 'ma y nosweth o'r blaen, fe gysgodd e yn y tŷ 'ma."

Roedd Tomi wrth ei fodd yn gweld y tŷ unwaith yn rhagor. Prin bod Elisabeth wedi agor y drws ffrynt nad oedd Tomi wedi mynd drwyddo ac yn gwibio o un ystafell i'r llall yn gwenu fel giât.

"Mi gewch chi'ch dau gysgu ar y llawr cynta," meddai wrth ei fam a'i daid. "Dwi'n cysgu yn yr atig."

"Dwi ddim yn cysgu yn hwnna," meddai Gwen yn bendant.

"Dyna'n union ddudis i i ddechrau, ond ar ôl i mi weld y tu mewn, o'n i wrth fy modd ynddo fo. Mae o mor cŵl."

"'Sdim ots gen i pa mor 'cŵl' ydy o. Dwi ddim yn cysgu yn hwnna."

Doedd Gwen ddim am newid ei meddwl.

"Ond pam?" gofynnodd Tomi.

"Achos … achos ei fod yn union fel y tai sy'n cael eu codi yng Nghae Sidan."

"Na, ma' hwn yn well – mae ganddo ddodrefn bach a phapur wal lliwgar," meddai Tomi.

"Ac yn well na hynny, chi sy berchen y tŷ," meddai Elisabeth a gwenu arnyn nhw wrth agor y drws cefn.

Gyda'r tri thwrch yn rhedeg ac yn gweu rhwng ei thraed, cariodd Elisabeth y tŷ dol heibio i'r coed rhosod a'r ddwy goeden gonwydd i ben pella'r ardd. Gosododd y tŷ dan y dail rhiwbob, oedd yn cynnig cysgod perffaith iddo.

"Wel, beth y'ch chi'n feddwl?"

"Mae o'n ffantastig, Elisabeth. Mi fyddwn ni wrth ein boddau yma," meddai Tomi'n llawen.

"Hy! Mi fydd y gwynt o'r dwyrain yn chwythu drwy'r drws 'na ddydd a nos. Mi

fasa'n lot gwell i ni neud twll yn y ddaear a gneud cartref iawn i ni ein hunain," meddai Gwen.

"Plis, peidiwch â gwneud hynny, neu eith Dad yn grac. Ma' fe'n dwlu ar ei riwbob."

"Wel, fel dy fod ti a dy dad yn deall, mi ydw innau'n 'grac' 'mod i wedi gorfod gadael fy nghartref," oedd ymateb pigog Gwen, a chafwyd saib annifyr rhwng y pedwar.

"Gwen! Chwarae teg i'r hogan, ma' hi wedi mynd i'r drafferth i ddod â ni yma'n ddiogel a chynnig lle i ni fyw," meddai Taid yn ddoeth. "Y peth lleia allwn ni ei neud ydy deud diolch wrthi."

"Ma' Taid yn iawn. Oni bai am Elisabeth, fasan ni'n dal i fod yng nghanol y peiriannau a'r mwd 'na."

Edrychodd Gwen ac Elisabeth ar ei gilydd. Ymhen ychydig rhoddodd Gwen ochenaid a dweud "Diolch!" yn dawel dan ei gwynt.

"Croeso! Dwi'n gobeithio y byddwch chi'n hapus iawn 'ma. Well i fi fynd i'r ysgol nawr. Wela i chi nes mlaen."

Gwenodd Elisabeth a Tomi ar ei gilydd. Wrth iddi hi ddychwelyd yn ôl i'w hystafell wely, edrychodd ar y tri thwrch yn diflannu o dan y dail riwbob ac yn setlo yn eu cartref newydd.

Tŷ Tomi Treorci

18
Cam o'r tywyllwch

Roedd Tomi a Taid wrth eu boddau yn eu cartref newydd, a bu'r ddau'n chwarae ynddo drwy'r dydd nes eu bod wedi llwyr ymlâdd erbyn iddi nosi. Y cwbl wnaeth Gwen oedd eistedd yn y gornel a phwdu.

Roedd Tomi'n chwyrnu cysgu yn yr atig pan glywodd sŵn i lawr y grisiau – roedd rhywun yn cerdded o gwmpas y tŷ. Edrychodd drwy'r ffenest. Roedd y lleuad yn disgleirio fel botwm sgleiniog yn yr awyr, felly roedd yn amlwg ei bod hi'n dal yn nos. Weithiau, byddai Taid yn cerdded yn ystod y nos er mwyn llacio rhywfaint ar ei frest os oedd yn brin ei anadl, ond heno gallai Tomi ei glywed yn chwyrnu cysgu ym mhen arall y tŷ. Golygai hynny mai ei fam oedd yn cerdded ar hyd y lle.

"Mam! Be' dach chi'n neud ar eich traed? Mae'n ganol nos."

"Dwi am fynd allan."

"Allan? I ble?"

"I gnoi coesau'r riwbob 'na a gneud tyllau yn yr ardd."

"Be'? Pam?"

"I ddysgu gwers i dad Elisabeth. Gwneud yn union yr un fath ag y mae o wedi'i neud i'n tŷ ni."

"Allwch chi ddim gneud hynna."

"Pam ddim?"

"Achos … bod … Elisabeth wedi'n helpu ni ac wedi rhoi croeso i ni."

"Nid Elisabeth sy'n hoffi garddio, ond ei thad. Dwi isio dysgu gwers iddo fo."

"Ond mi fydd o'n flin."

"Dw inna'n flin ein bod ni wedi cael ein gorfodi allan o'n cartref hefyd."

Y peth olaf yr oedd Tomi ei eisiau oedd i Elisabeth gael ei brifo, ond roedd hefyd yn gwybod ei bod hi'n anodd iawn perswadio'i fam unwaith y byddai'n cael syniad yn ei phen.

Aeth at y drws a gweld ei fam yn gwau ei ffordd tuag at goesau'r planhigion riwbob. Roedd golwg benderfynol arni. Dechreuodd frathu'r coesau fesul un, ac ymhen dim o dro roedd ei gwefusau'n goch oherwydd sudd y planhigion.

"Mam! Rhowch y gorau iddi! Plis!"

Anelodd Gwen at ganol yr ardd, a chan ddefnyddio'i phawennau, dechreuodd dyllu a thaflu pridd i bob cyfeiriad. Fel roedd Gwen yn dechrau ar y pumed twmpath, daeth y golau diogelwch ar wal cartref Elisabeth ymlaen, a'r peth nesaf welodd Tomi oedd Gruff, y labrador dwl, yn carlamu drwy'r drws i gyfeiriad Gwen.

"Mam! Gwyliwch!"

Wrth lwc, roedd Gwen wedi gweld y ci yn anelu amdani ac fe redodd nerth ei thraed i gyfeiriad diogelwch y tŷ dol.

"Brysiwch! Brysiwch!"

Wrth i Gwen redeg gallai deimlo anadl y ci yn chwythu'n boeth ar ei gwar

ac roedd ei drwyn fwy neu lai'n cyffwrdd ei choesau ôl. Yna, yn sydyn, BANG!

Pan oedd ei fam yn ôl yn ddiogel yn y tŷ, caeodd Tomi y drws ffrynt yn glep ar drwyn y ci du, ac o ganlyniad roedd hwnnw'n udo mewn poen ac yn rhedeg ar hyd yr ardd yn wyllt yn rhwbio'i drwyn.

"Gruff! Gruff! Beth sy'n bod arnat ti'r ci dwl?"

Wrth sbecian yn ofalus drwy'r ffenest, gwyliodd Tomi a Gwen y ci'n cael ei hel yn ôl i'r tŷ gan ei berchennog blin.

"Wnest ti ddim deud bod gan Elisabeth gi," meddai Gwen a'i gwynt yn ei dwrn.

"Wnaethoch chithau ddim gofyn," meddai Tomi. "Ydach chi'n iawn?"

Roedd Gwen yn dal i drio cael ei gwynt ati pan glywodd sŵn traed yn agosáu unwaith yn rhagor. Cyn iddi hi a Tomi gael cyfle i edrych drwy'r ffenest er mwyn gweld pwy oedd yno, codwyd y tŷ gan bâr o freichiau cyhyrog. Wrth i'r tŷ dol gael ei gario, syrthiodd Taid allan o'i wely a tharo'i ben yn y llawr.

"Aaww! Be' sy'n digwydd?"

Edrychodd Gwen a Tomi ar ei gilydd a llyncu eu poer yn galed. Doedd hyn ddim yn argoeli'n dda.

19
Cnoc! Cnoc!

Cariodd Meirion, tad Elisabeth, y tŷ dol i mewn i'r gegin a'i roi ar y bwrdd. Roedd Gruff yn ei fasged yng nghornel y gegin yn mwytho'i drwyn.

Wrth glywed yr holl firi a sŵn, daeth Elisabeth i lawr y grisiau a gweld ei thad â'i focs tŵls wrth ei ochr. Roedd yn gwneud ei orau i geisio agor drws y tŷ dol.

"Beth wyt ti'n neud, Dad?"

"Ai ti roddodd y tŷ dol 'ma yn yr ardd?"

Llyncodd Elisabeth ei phoer gan geisio chwilio am ateb sydyn i'r cwestiwn.

"Ie."

"Pam wnest ti shwt beth?"

"Achos … Achos … bod dim lle yn fy stafell wely."

'Wel, ma' rhwbeth wedi ffeindio'i ffordd i mewn i'r tŷ ac wedi rhoi dolur i Gruff."

Roedd Meirion yn dal i stryffaglio i geisio agor drws y tŷ, ond roedd Tomi a'i fam yr ochr arall yn gafael yn dynn ym mwlyn y drws ac yn ei atal rhag gwneud hynny. Ceisiodd godi to'r tŷ ond roedd Taid yn cydio'n dynn yn hwnnw – ac roedd Meirion yn dechrau cael llond bol ac yn colli ei amynedd.

"Dwi'n siŵr nad o'dd Tomi yn treial."

"Tomi! Pwy yffach yw Tomi?"

Edrychodd Meirion yn od ar ei ferch a holi unwaith yn rhagor pwy oedd Tomi. Bu saib annifyr yn y gegin a phenderfynodd Tomi fod yn rhaid iddo achub y sefyllfa, felly agorodd ddrws y tŷ dol a dweud yn hollol ddiniwed:

"Fi ydy Tomi! Helô!"

Bu bron i ddannedd gosod Meirion

syrthio i'r llawr wrth iddo edrych ar Tomi'n sefyll yn hollol hamddenol ar y bwrdd yn codi'i bawen arno. Aeth Meirion at y sinc ac yfed gwydraid mawr o ddŵr cyn troi'n ôl ac edrych i gyfeiriad y bwrdd. Na, doedd e ddim yn dychmygu pethau. Roedd twrch daear yn sefyll o'i flaen ac, yn fwy na hynny, yn siarad ag ef.

"O'n i'n moyn gweud wrthot ti, Dad, ond o'n i'n meddwl falle na fyddet ti'n fy nghredu i."

"Ti'n eitha reit man 'na."

Cerddodd Meirion at y bwrdd a syllu'n hir ar Tomi. Wrth weld pâr o lygaid yn rhythu arno, teimlai Tomi ychydig yn annifyr a dechreuodd grynu. Sylwodd Elisabeth yn syth, felly aeth ato a dechrau brwsio'i flew yn ysgafn er mwyn iddo ymlacio.

"Dere mla'n, Tomi, does dim isie i ti fod ofn. 'So Dad yn mynd i roi loes i ti."

"Ti'n siŵr?"

"Ydw."

"Ond be' am ei riwbob o?"

"Ma'i fola fe'n ddigon mawr fel mae hi, 'sdim angen teisen riwbob arno fe!"

Wrth weld ei ferch a Tomi'n rhannu jôc ac yn chwerthin gyda'i gilydd, allai Meirion ddim ond rhyfeddu at yr agosatrwydd rhwng y ddau.

"Y'ch chi'n nabod eich gilydd?"

"Ydan/Odyn," meddai'r ddau fel un.

"Elisabeth, 'so ti'n deall? Hen bethau afiach a brwnt yw tyrchod daear."

"Esgusodwch fi! Dwi'n hynod o lân a thwt, ac wedi dysgu Tomi i fod felly hefyd," arthiodd Gwen wrth fentro allan o'r tŷ dol a syllu'n flin ar Meirion.

Ceisiodd Elisabeth dawelu'r dyfroedd ac egluro'r sefyllfa wrth ei thad.

"Roedd Tomi a'i dylwyth yn byw yng Nghefn Sidan, ond wedyn, pan wnaethoch chi ddechrau adeiladu, roedd eu cartref nhw mewn peryg. Wedyn gwympodd e i mewn i dy fag brown di …"

"Wow! Wow! Wow! Gan bwyll. Well i fi eistedd i lawr i glywed y stori 'ma o'r dechrau, dwi'n credu."